Animales bebés

Elizabeth Austen

2 osos

1 osezno

2 nutrias

1 nutria bebé

2 caballos

1 potrillo

2 canguros

1 canguro bebé

2 perros

4 cachorros

2 patos

5 patitos

2 hámsteres

5 hámsteres bebés

2 cerdos

9 lechones

¡Hagamos ciencia!

¿En qué se parecen los animales bebés a sus padres? ¡Intenta esto!

Qué conseguir

- imágenes de animales bebés e imágenes de animales padres
- papel y lápiz
- pegamento
- tijeras

Qué hacer

1. Haz un cuadro como este.

2. Pega las imágenes de animales padres en la columna *Padres*. Pega las imágenes de los animales bebés en la columna *Bebés*.

3. ¿En qué se parecen los padres y sus bebés? ¿En qué se diferencian?

Glosario

lechones: cerdos bebés

osezno: un oso bebé

potrillo: un caballo bebé

Índice

¡Tu turno!

Si puedes, visita un animal bebé de verdad. O encuentra uno en un libro. ¿En qué se parece el bebé a sus padres? ¿En qué se diferencia?

Asesoras

Sally Creel, Ed.D.
Asesora de currículo

Leann Iacuone, M.A.T., NBCT, ATC
Riverside Unified School District

Jill Tobin
Semifinalista
Maestro del año de California
Burbank Unified School District

Créditos de publicación

Conni Medina, M.A.Ed., *Gerente editorial*
Lee Aucoin, *Directora creativa*
Diana Kenney, M.A.Ed., NBCT, *Editora principal*
Lynette Tanner, *Editora*
Lexa Hoang, *Diseñadora*
Hillary Dunlap, *Editora de fotografía*
Rachelle Cracchiolo, M.S.Ed., *Editora comercial*

Créditos de imágenes: pág.4 iStock; pág.15 Maximilian Weinzier/Alamy; pág.16 Nikolai Tsvetkov/Dreamstime; págs.18–19 (ilustraciones) Rusty Kinnunen; todas las demás imágenes cortesía de Shutterstock.

Teacher Created Materials
5301 Oceanus Drive
Huntington Beach, CA 92649-1030
http://www.tcmpub.com

ISBN 978-1-4258-4625-1

Printed in China
51497